마 라 도 에 서 **시를** 임 진 강 까 지
MAR A ISLAND **걷다** IMJIN RIVER

마음으로 떠나고
심장으로 돌아오다

Photo Poem 1

마
라
도
026

Photo Poem 2

동
강

050

Photo Poem 3

청 산 도

072

Photo Poem 4

지
리
산
090

Photo Poem 5

죽
변
항
110

임
진
강

130

Photo Poem 7

다
도
해
150

Photo Poem 8

낙
산
사
170

Photo Poem 9

남
강
188

Photo Poem 10

경
주
남
산

2 0 2

안
녕

단독자의 정갈한 농담이여

그날, 햇발은 뜨거웠고 나는 바다에서 헨리 데이비드 소로우의 월든을 읽었다. 어느 순간 파도가 도미노처럼 밀려 올 때 책장을 넘기며 내 마음의 폐허를 읽어내고 말았다. 사그락 사그락 거리며 햇발이 내렸다. 햇발은 더욱 뜨거워졌다. 두발 달린 짐승인 나는 다시 길을 떠났다.

나는 세상의 애인들을 두고 매번 사랑을 했다. 바람 부는 섬의 늙은 성황당을 사랑했고 부석사 무량수전 앞에 기대 바라본 먼 하늘가의 소백연봉을 연모했다. 들판에서 머리를 풀어헤치고 춤을 추는 풀들의 푸른 언어를 사랑했으며 가끔 시간을 잃어버린 도시의 한복판을 방황하다가 벌컥벌컥 들이키는 소주의 고독한 눈물을 사랑하기도 했다.

그럴 뿐이었다. 길 위에서 길을 찾았을 뿐, 길이 언어가 되었을 뿐이었다. 길 위로 한 생애를 끌고 와 길 위에서 한 생애를 전언했다. 세상의 표정들은 살아있고 떠도는 나의 발길은 부패하지 않았다. 그래서 또 길을 걸었다. 오늘도 열려있는 고독의 뒷문으로 나는 길을 떠난다.

문장과 여행 사이의 행간을 헤엄치며 건져 올린 상처와 기쁨을 이 책에 모두 녹여 놓았다. 어설픈 사진은 내 인문의 순간을 포착해 주었고 아름다운 자연은 내 미약한 문장을 덮어 주었다. 여행은 게으른 내게 풍경의 저편 너머를 보여 주며 그리움의 통로를 마련해 주었다. 그랬다. 나는 지금 젊은 시절 온천지를 싸돌아다니지 못한 것을 후회했다. 그래서 나는 늘 안녕이라는 인사를 달고 살았다.

'안녕'
세상에서 가장 독한 언어여,
단독자의 정갈한 농담이여,
사랑한다. 사랑한다. 또 사랑한다.

봄에 자인헌에서 쓰다

마라도

자연의 멍에를 안고 시간을 걸러내는 섬

M A R A D O

섬은 흐른다.
'갇힘' 아니라 '흐름'이다.
아침 하늘가로 흐르는 구름은
모든 살아있는 것들을 불러 모으며
시간과 공간을 털어내고 있었다.
나는 흐르는 섬에서 섬을 바라보았다.
자유도 억압도 무의미한 섬은
인문이 아니라 자연이었다.
인간에게 짐승처럼 사육되기를 거부하는
스스로 그러한 생명이었다.

결국,
빛의 끝에 도달하고 나서야
빛이 붉다는 것을 알게 되었다.
태양은 바다를 감정의 구조 안으로
끌고 와 펼쳐놓고
그 감정의 빛을 훑어서
더 붉게 물들이고는 다시 바다로
산산이 던지고 있었다.

햇덩이를 살라먹는
마라도는 감정의 섬이다.
자연의 원초성과
인간의 감정이 빚어 낸 멍에를 안고
시간을 길러내는 섬이다.
그 시간의 끝은 태양을 향해 진화하며
저 광활한 아침 바다를 건너고 있었다.

'태극기가 바람에 펄럭입니다.'
노래 소리가 목구멍을 간지럼 태우며 꾸역꾸역 기어 올라오는데 대한민국 최남단의 가파초등학교 마라분교는 나를 보며 잇몸이 다 드러나도록 활짝 웃고 있었다. 그 웃음은 인간과 자연 사이의 관계를 밀어내지 않은 채 착한 풍금소리를 울리며 마라도를 지키고 있었다. 그래서 태극기가 바람에 펄럭이는 학교는 홀로 눈부시게 찰랑거렸다. 나도 저 눈부시게 찰랑거리는 학교에 가고 싶었다.

더 이상 등대는
쓸쓸하거나 외로운 사물이 아니다.
마라도 등대는 당당한 기품으로 우뚝 서서
역사의 찌꺼기를 걸러내며
날카로운 이성으로 빛나고 있었다.
그리움도 저 등대처럼 빛나야 자유롭다.
천 갈래 만 갈래 부서지며
끝끝내 완전한 그리움으로 남아야 한다.

녀석은 무심했다.
눈길을 마주칠 틈도 없이 바람처럼
거침없이 이리저리 잘도 돌아다녔다.
바다와 하늘과 섬이 녀석의 것이기 때문이다.
녀석의 것이 또 하나 있었다.
가파초등하교 마라분교가 녀석의 전용학교로
대한민국에서 녀석만큼 전 과목을 통틀어
과외 받듯 공부하는 애들은 없을 것이다.
마라도 최남단 초등학교엔
학생이 단 하나 '녀석' 뿐이었다.
나는 녀석을 덥석 안아보고 싶었지만
녀석은 뛰어 노는데 바빠 무심했다.
오! 마라도와 녀석은
서로를 꼭 닮은 개구쟁이였다.

사랑이라는 말은 내 것이 아니라
저 아이들 것인지 모른다.
겨자씨 같은 저 아이들의 순한 눈망울이
사랑이며 자연인지 모른다.
마라도에 오면 그래서 사랑에 감전되어
오랫동안 행복해질 수 있다.
생명이란 사랑이 이 세상에 처하는 자리의 이름이다.
그 자리 마라도는 아이들의 천국이며
아이들은 천국의 수호신이다.
생명 있는 모든 것들의 사랑이
여기 마라도에서 아이들처럼 빛나고 있었다.

햇살에 취해
억새에 취해
먹먹한 그리움마저 삭아 내리는 오후
건널 수 없는 것들과
가 닿을 수 없는 것들의 세상은
풍경으로 비리게 살아서 돌아온다.
나는 기억의 빗장을 닫고
기어이 저 풍경과 한 몸으로 뒹굴고 말았다.

바다가 고독하니 개도 고독했다.
저 개는 정의롭지 못한 자들의 세상을 뒤로 하고
하필 마라도에서 고독한 삶의 제왕이 되었을까.
뛰어도 뛰어도 겨우 한 바퀴 뿐인 섬에서
바다는 고독했고 개들은 더 고독했다.
허나 견공이여, 나는 네 고독이 눈부시게 부럽구나.

노을 앞에 다다라서야
세상에 숨을 붙여 놓는 일이
얼마나 아름다운 일인가 알았다.
바다와 하늘이 서로 마주보며
노을을 품는 것처럼
사는 일이란
사람은 사람을 품고
노을처럼 스러지는 일이다.

노을처럼 저 하늘 절벽을
기어오르는 것이다.
기어오르다가 붉게 떨어지는 일이다.
종교와 시간을 넘어
위대한 자연의 샤먼이 되는 일이다.
그러나 지는 노을은 말없이 바다를 넘어가며
붉은 빛만 던져 주었다.

소리도 빛도 아닌 것들이
심장 안쪽을 돌아 밖으로 튀어 오를 때
아! 하는 가르릉 거림을 멈출 수 없었다.
텅 빈 시선 끝으로 가볍게 내려앉는
시간이 침묵의 틈새에 발을 빠트린 채
적멸로 사위어 가고
나는 절대의 시간을 체념하며
속으로 웃고 말았다.

순간, 사방이 붉어졌다 다시 하애졌다.
나는 너에게 갇히고 말았다.
어디론가 광속으로 끌려가다가
붉은 빛의 줄 하나를 붙잡고
아! 하는 가르릉 거림을 멈추었다.

그 섬, 마라도에서……

Photo Poem
2

동

동강에서 너를 만나다

D O N G 강 G A N G

'너는 희망으로 사느냐'
희망은 상처를 경유해서 온다.
시간이라는 상처와 생명이라는
상처를 경유해 날마다 새롭게 태어난다.
다시, 동강에게 희망을 바치며
살아서 아름다운 동강의 생명을
기어이 사랑이라 불러본다.
처음 오대산을 발원해 강원도 산골을
굽이굽이 돌아 정선 조양강을 만나 흐르면
동강은 희망이 되고 생명이 된다.

겨울 강에 눈이 내린다.
뱃사공은 말없이 강을 건너고
아득한 풍경은 무릉에 당도해
신기루 같은 전언을 내려놓는다.
풍경은 덧없는 것들의 쓸쓸함까지도
영원한 그리움을 만들어 내며
세상의 언저리로 내리는 눈이 된다.
그래서 겨울 동강에 내리는 눈은
저 뱃사공 마음처럼 따뜻하다.

'젊은 시인이여 기침을 하자'
김수영의 외침이 살아나는 동강에서
나는 삶에 묻은 때를 씻어내며
마음 놓고 기침을 해 본다
순수는 아직 살아서 숨을 쉬고
흩날리는 눈발 속으로 강물은 흐르는데
겨울 한복판에서 출렁이는
저 환한 바람 바람이여

평화는 고요해서 아름다운 것
눈동자를 밟고 지나가는 바람이 멈추자
강의 고요가 세상의 상처를 핥아 주는 동안
사랑은 깊은 가슴과 가슴의 길을 지나
희디흰 밥알 같은 눈으로 내리고
어라연에서 깃털처럼 가벼워진 내가
강이 된다. 강물이 되어 흐른다.

순한 물길은 서강에서 느리게 흐르는데
선돌은 예나 지금이나 변함없이 서강을 바라보고
운명과 독대한 단독자의 향기가 아직도 나는 듯하다.
영혼의 거처를 찾아 겨울 철새들이
서강 위를 날아올라 저녁 하늘로 사라지고
먼 강마을의 저녁연기만 무심하게 피어오른다.
순한 강 서강이여 어서 흘러라.
흘러서 북풍에 밀려오는 동강과 만나라.

가장 낡은 세상의 한 길이 끝나고
물의 길이 놓이는 저 착한 강을 본다.
푸른 옷자락을 여미는 강이 내 마음을 읽고
하늘과 땅의 경계를 지우며 흘러간다.
그래 너는 오고 있었다.
저 강을 따라 오고 있었다.
모든 것이 처음과 끝인
너는 오고 있었다.
강에서 강이 되는 너는 오고 있었다.
강으로, 착한 강으로……

눈길을 밟고 오신이여,
산골 마당 위로 마른 햇볕 스며들기 전에
싸리 빗자루로 길을 내신 그대는 어디 가고
한지 같은 눈의 수평선 끝에
사자산 풍경이 걸려 댕강 거리는데
대숲을 돌아 나온 바람 한 점이
눈 내린 산골에 파문을 일렁인다.
겨울 햇살이 내려앉는 절집 마루에
나는 헛헛한 마음을 개켜 두고
풍경에 걸린 바람을 따라 산을 휘돌았다.

줄곧 길을 생각했다.
길은 겨울로 향해 있었고
겨울은 지상에서 너무 깊었다.
산이 입을 벌리자 바람이 쏟아진다.
하얀 바람이 지나가는 사자산에서
길을 따라 걸어가며 생각했다.
생각은 파리처럼 내 머리위에 앉아
나를 붙들고 놓아주지 않았다.
내 주린 영혼은 저 길을 홀로 걷고 있는데
나는 아득한 적막에 기대
마음속 등불을 켜고 있었다.

단종의 땅 영월에 서면
애간장이 녹아서 없어진 그의 한이 밟힌다.
얼음장 위로 날선 겨울 빛을 튕겨 내며
감춰진 단종 비사에 내리 꽂히는데
고적한 겨울 풍경이 되어버린 그는
겨울 강이 되어 울울을 흐르고 있을 게다

눈이 그치자 더 환해진 장릉의 오후,
단종은 카메라 밖으로 조용히 떠나가고
마당 가득 늙은 시간이 쌓여 갔다.
벼랑에 서서 벼랑이 된 그의 영혼은 말이 없는데
그를 받아 걸어 둔 나뭇가지만 낡은 조등처럼 켜져 있다.
눈 쌓인 그날 나는 오랫동안 어린 단종에게 갇혔다.

　강원도 촌놈이 서울 갈 채비를 하는 곳이 합수머리라고 했던가. 달려온 동강과 서강이 만나는 합수머리 덕포로 기차가 지나간다. 뜨거운 기다림이 있는 합수머리로 기차가 지나가면 '길으면 기차 기차는 빨라'를 노래 부르며 어딘가에서 실종된 그리움을 찾아낸다. 너를 만나는 곳 너를 만나서 하나가 되는 곳으로 기차가 지나가고 강물이 지나가고 우리가 지나간다.

더 이상 너는 혼자가 아니다
동강과 서강이 만나 서로를 보듬으며
남한강의 처음이라 불리는 아름다운 원죄를 얻었다.
이 땅에 마지막 남은 자연을 업은 영월에 오면
그래서 마음이 먼저 깨끗해진다.
빈 맘으로 오면 더욱 빈 맘에 중독되고 말아
저 푸른 강물에 영혼을 빨아 널고 싶어진다.
처음의 내가 되고 싶어진다.

Photo Poem
3

청
산
도

그 그리운 황톳길
CHEONGSANDO

여행은 늘 이런 기쁨이다.
자연을 만나는 일, 살아 있거나 죽어 있는
생성과 소멸의 교차점에 서 보는 것이다.
바다를 향해 휴거하는 저 고기들
바다 바람은 고기들을 구덕구덕 말리며
세상과의 안녕을 고하지만
바다와 고기와 완도항구는 하나의 풍경을 이루어 낸다.
모든 삶과 죽음이 윤회를 거듭하듯이…….

먼 우주
어딘가에서 지구를 향해 달려오다가
그물에 걸려 박제된 이티의 모습을 하고 있다.
나는 가여운 가오리를 보며
한참을 웃다가 또 한참을 고민했다.
정말 이티가 아닐까 하고…….

초여름의 보리는 참 곱다.
황금빛 머리채를 흔들어대며
바람과 한바탕 춤을 추고 난 들판으로
유월의 태양이 내린다.
섬에선 맥주보리도 저 홀로
익어가는 법을 알고 있다.
바다 향기에 취해 춤을 추다가
익다가 그렇게 자연이 되어 간다.

길 위에서 길을 찾아 떠난다. 황톳길은 사람들의 발걸음을 붙잡고 저 먼 곳으로의 그리움을 삭히지만 돌아갈 사람과 돌아올 사람들은 여전히 저 서편제 황톳길을 걸었을 것이다. 길 위의 길은 거기 늘 그렇게 있었을 것이므로…….

바다는
때때로 자신의 모습을 숨김없이 드러내 놓다가도
어느새 구름과 바람으로 자신의 모습을 숨기고는
저 먼 수평선 끝으로 사라져 버리곤 한다.
그래서 바다는 예측과 억측 사이에서
전설을 만들어 내고 설화를 꿈꾸며
사람들의 환상의 중심에 서 있곤 한다.

혼자 떠난 여행은 그래서 즐겁다.
바다를 거닐다가 심심하면 조개껍질을 줍고
소라를 귀에 대면 바다 소리가 아련하게 들려온다.
멀리 아주 먼 세상의 이야기를 들려주는
소라껍질과 한바탕 신나게 놀았다.

섬은 풍요롭다.
들판이 익어가는 소리가 풍요롭고
동글동글 내리는 햇살이 풍요롭고
그 들판을 내달리는 바람이 풍요롭다.
그래서 섬은 하나도 외롭지 않은데
사람들은 섬이 외롭다고 한다.

산책길에 소를 몰고 가는 할머니를 만났다.
저 소는 몇 살이나 되었을까 궁금했다.
내심 마음속으로 열 살 쯤 되지 않았을까
짐작하고 할머니에게 다가가 물어 보았다
'삼년 지났지라'
오! 삼년밖에 지나지 않은
저 늠름한 소가 기특해서 한참이나 바라보았다.
아기소가 기다리는지 바쁜 발걸음을 옮기는
어미 소의 뒷모습이 애잔하다.

저녁 산책에서 돌아오며 만난 노을이
붉게 타다가 바다 너머로 사라지고 있었다.
바다로 달려가는 저 황토 언덕을 넘어
붉게 타는 노을을 바라보면서
게으르고 만만하고 시시껄렁한
섬의 시간을 사랑하지 않을 수 없었다.
여행자의 농담도 자연이 되는 청산도에서
나도 청산도가 되었는지 모른다.

지
리
산
깊고 간절한 마음이 가 닿을 그 곳
JIRISAN

구름은 산을 머금는다.
산은 언제나 변함없이 그 자리에서
세상의 흔적들을 지우느라
저 도도한 봉우리만을 세워 둔 채
구름 속으로 숨어 버린다.
재미없는 농담 같은 세상을 버리고
찾아온 지리산에 비가 내리고 있었다.
우산도 없이 아침산책을 나선 마을 길에는
어린 개가 컹컹 반기고
흘딱 젖은 비를 즐기면서 천천히 걷는 내게
종종 걷던 할머니는 '메기 잡았는 갑소' 하며
산머루 같은 웃음을 던져준다.

시골 마을은 소소한 풍경으로
사람들을 안도시킨다.
구례군 산동면 당동마을 초입에 들어서자
일 없는 노인들이 정자에 앉거나 기대
먼 산마루 끝으로 시선을 두고
오래된 이야기들을 풀어 놓으며
추억과 기억 사이를 서성인다.
나는 정자에 걸터앉아
노인들의 이야기 속을 배회하면서
가없는 시대의 순명이 안타까웠고
그 순명에 가 닿을 노인들의 세월이 안타까워
새어 나오는 한숨을 꾹꾹 눌렀다.
그러나 여기 지리산엔 풍경이 피안이고 사람이 피안인데
나만 풍경과 사람 사이를 건너느라 허겁지겁했다.

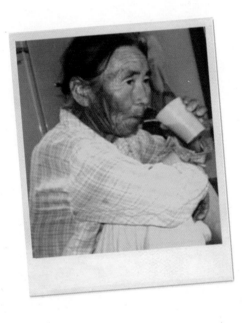

지리산에 가면 도인인척 함부로 말하지 마라.
산의 깊숙한 내륙까지 발길을 찍으며 깊은
골짝마다 손금으로 읽어 내는 할머니가 사신다.
할머니는 가문비나무처럼 산맥을 머리에 이고
천왕봉에서 반야봉까지 마음의 축지로 달려 산야초를 캔다.
그 산야초로 자식을 키워내고 평생을 산에 기대 살아 오셨다.
그 강인한 생명의 힘이 지리산이다.
지리산은 할머니를 품어 안고 스스로 사위어 간다.
사위어 가는 것이야말로 강인한 아름다움이다.
산수유 꽃처럼 피고 지며 살아가는
원좌리 마을의 할머니는 그래서 지리산 산신령이다.

목이 마른 나그네에게
시원한 물 한바가지를 건네주시고
주섬주섬 밥상까지 내어 주셨다.
식은 밥 두어 덩이와 김치 조각
그리고 고추장과 풋고추가 전부지만
이 얼마나 소박하고 기쁜 밥상이던가.
저 지리멸렬한 절해고도 지리산에서
할머니는 저 편 부처처럼 있는데
나는 이 편에서 내 남루한 마음을
차가운 물에 말아 먹으며
하잘 나위 없는 욕망을 반성했다.

　노고단을 눈앞에 둔 성삼재에서 노을을 만났다. 마음속 심연을 기어 올라온 촛불 같은 관능이 명료하게 빛나다가 성삼재를 향해 가물가물 붉은 눈물로 뿌려준다. 저 끓어오르는 하늘과 붉은 노을과 고독한 나는 지리산 성삼재에서 한 몸으로 날고 있었다. 꿈꾸듯 몽상으로 치달아 오르며 인생의 저녁을 맞이하고 있었다. 젊어서 온 천지를 싸돌아다니지 못한 것을 후회하며…….

주홍으로 빛나는 단호박이여
네 순결한 여름은 참으로 위대했다.
조롱하는 인간들의 푸념을 맨몸으로 견뎌내며
세상의 가장자리에서 개별적 존재로 빛나고 있구나.
폭포처럼 쏟아져 내리는 햇살이 너희들 것이므로
튼실하고 아름다운 열매를 만들어 내는구나.
지리산 자락 산동면 테마파크에 가면
저처럼 당당한 단호박이 주홍빛으로 지리산을 떠받치며
열렬하게 열리고 있을 것이다.

계곡을 따라 굽이굽이 흘러내리는
지리산 물줄기는 길을 잃어버리는 법이 없다.
어느 지류에서 마음씨 좋은 농부의 밭에 물을 대주고
다시 지리산을 품어 내리다가 섬진강으로 달려간다.
가장 선한 것은 흐르는 물이라 했던가.
생명을 길러내고 생명을 소멸 시키는 계곡의 물은
푸른 정맥과 붉은 동맥이 흐르는 생명의 힘이다.

화엄사 지붕위에
파랗게 걸려 있는 하늘이
금방이라도 지붕을 타고
땅위로 내려올 것 같았다.
내가 부처와 마주 앉아
부처의 이름을 부를 때
부처의 시선은 나를 뚫고
저 푸른 하늘로 스며들었다.
하늘과 나 사이 그 사이로 화엄이 다녀가고
나는 시간 밖에서 그리운 이름을 호명했다.
가 닿을 수 없는 저 편의 문을 열면
저 화엄사의 푸른 하늘처럼 그리움이 내린다.

구례오일장엔
사람이 산다.
자연이 산다.
지리산 골짝 마다 마을마다
자연처럼 사는
촌로들을 불러 모으는 구례장엔
우리네 정이 산다.

구수한 남도 사투리가 살아서 꿈틀대고
만남과 이별이 서고
고단과 즐거움이 교차한다.
그래서 구례장터로 가면
맛있는 사람의 맛이 난다.
사람 사는 맛이 난다

자식처럼 키운 야채를 들고 나온
할머니들은 바로 지리산이다.
사가는 사람은 보약이요
파는 할머니는 인정이다.
조금주면 정이 없다고
덤을 듬뿍 주는 인정…….
인기척 떠난 산골의 야채들은
구례장에서 세상을 만나고
할머니들의 노고는 정당한 삶이 된다.

돌아오는 길 구례터미널에서 생경한 풍경을 만났다. 아니다. 여기가 구례이므로 생경한 풍경이 아니다. 저 허허한, 그러나 대쪽 같은 삶으로 시류에 영합하지 않고 오로지 스스로의 길을 걸어간 구례 지리산의 선비들이 아름답다. 기품을 기품으로 가장하지 않은 저 순수는 지리산이 아니면 감히 아무도 말을 건네지 못할 것이다. 비극과 희극을 넘나드는 우리들 삶보다 지리산 같은 초로한 아름다움은 얼마나 지극하던가. 지리산에 와서 지리산이 되어 보았지만 나는 아직도 길 위를 방황하는 여행자 일뿐이었다. 그랬을 뿐이다.

죽
변
항

영원이라 말하지 않는 죽변항에서

J U K B Y E O N H A N G

대숲을 에돌아 나온 죽변항의 바람이
먹지처럼 스며드는 저녁 어스름을 안고
바다 안쪽으로 무수히 풀어지고 있었다.
마른 바다의 풍경이 시간과 공간을
몰아내고 단순함으로 치달리는
단 하나의 그리움만을 만들어내며
모든 서정의 운명을 바다 속으로
끌어 내리는데 아! 나는 이 권태로운
자연의 행간에 숨어 바람이 되었다가
바다가 되었다가 저 항구의 심심한
빨간 등대가 되었다가 회색으로
무장한 군함을 좇아 먼빛으로 사위어 가는
저녁항구에서 꿈꾸듯 시간을 열었다.

몽환이었다.
낮게 내려앉은 하늘과
그 하늘 아래를 나는 갈매기는
마른 풍경을 일시에 소멸하는
환각처럼 다가왔다.
내 시선은 늙은 배와 늙은 배를 껴안은
항구로부터 쓸쓸한 오지의 낯선
바다를 건너고 있었다.
저 갈매기가 날지 않았다면
나는 항구에 주저앉아 절박하고 모호한
몽환에서 깨어나지 못하고
불쌍해서 버려지지 않는 언어들을
솎아내느라 밤새 두통에 시달리며
우울했을 것이다.

'항구'라고 쓰고 보니

항구만 보이고 어부가 보이지 않았다.
'어부'라고 더 쓰고 보니 결핍이 줄어들고
만선의 붉은 깃발이 눈부시고 찬란하게 펄럭였다.
그래서 어부들이 안고 돌아오는 대게는 강함이며 밝음이다.
태백의 산자락에서 우리의 생명을 처음 연
환웅이 '박달'이므로 박달의 물줄기는
여기 죽변항에서 대게의 어원이 되었을 것이다.
생명만 있고 결핍이 없다면
삶도 역사도 소용없는 일인지 모른다.

　세상의 언저리는 늘 팔딱 팔딱 뛰는 심장의 중심이다. 하찮음이 살아 꿈틀거리는 순결한 생명의 공간이며 막힘과 그침이 없는 조화로움이 넘실거리는 '터'다. 어부도 항구도 그 항구에 기대 살아가는 사람들도 여전히 힘찬 생명의 힘으로 끓어올랐다가 바다와 한 몸으로 뒹구는 처절한 순정으로 빛난다. 저 정직한 노동의 구획 안으로 잡혀온 오징어들은 행복할 일이다. 작은 스티로폼 상자 안에서 세상을 넘본 죄를 뉘우치며 은자처럼 누워 있을 것이다. 모든 수고로운 자들의 밥상을 풍요롭게 하기 위해…….

마른 몸에 가시선인장 같은 웃음을 짓고
부지런히 몸을 움직여 뱃일을 하는
저 외국인 노동자의 노동은 신성하다.
아무리 날카롭고 뾰족한 모서리를 가졌다 해도
가슴에 감춘 그리움을 뽑아들면 금방 순해지고 만다.
늙어가는 항구의 노동은 그래서 착한 사람들의
고향이 되어가다가 종래엔 풍경이 되어간다.
모든 노동이 사랑이듯 그리움도 사랑이다.
사람과 사람이 어울려 사는 항구의 아침은
더욱 사랑일 수밖에 없나보다.

방금 건져 올린 물텀벙에게선
달콤한 바람 냄새가 났다. 정말 그랬다.
잘 익은 바다와 뜨겁게 달구어진 바람이
한 몸으로 덩실덩실 춤을 추다가
어느 착한 어부의 그물에 걸려
세상 밖 구경을 나왔을 것이다.
물텀벙에게선 달콤한 바람 냄새가 나고
할머니에게선 쌉쌀한 바다냄새가 났다.

매달린 건 대구가 아니다.
우리가 지구에 매달려 있었다.
변하는 건 세상이 아니라
변화를 두려워 한 우리들이다.
세상 끝에 매달려 바다를 경외하는 대구처럼
세상을 놓아주고 나니 세상이 보였다.
날을 세우면 그 날에 내가 베이고 찔리는데
마음이 무뎌지면 질수록 삶은 기도가 된다.
바다를 이고 매달려 있는 저 대구처럼 말이다.

바람의 등을 수없이 떼미는 가을,
어디쯤에서 숨을 고를까 망설이다가
문득 눈앞에 펼쳐진 오징어들의 퍼포먼스 봤다.
두 팔을 벌려 허공으로 부서지는 저 찬란함은
지나간 것들의 흔적으로 살아 돌아오고 있었다.
천년만년 바다는 변함없을 터이지만
미이라로 부활할 오징어는 개별적 존재로 남아
오래 생존하는 법을 익히고 있었다.

바다와 등대는 서로 뒷모습을 본적이 없다.
그래도 바다와 등대는 서로를 믿고 오래 공존한다.
질긴 바다, 질긴 등대, 질긴 바람.......
질긴 것들은 모두 다 외로움이 된다.
세상의 맨 밑바닥으로 추락한 질긴 것들은
외로움을 통해 풍경으로 발현된다.
바다와 등대처럼 서로의 뒷모습을 본 적이 없어도
질기게 인연을 쌓아가면서 외로움이 되고 만다.
그래서 바다와 등대는 애달프고 애달프다.

인기척 없는 어촌 바다를 지키고 있는
순한 눈망울의 어린 개가 나를 반겼다.
어부는 저 너른 바다의 옷자락을
부지런히 걷어 올리고
어린 개는 어부를 향해
착한 눈망울을 부지런히 보낸다.
아! 세상의 모든 사랑은
경계를 두지 않는 법인가 보다

'영원' 이라고 누가 말을 내 뱉을 수 있을까
비릿한 해무에 꽃잎 하나 열고
날선 바람에 또 꽃잎 하나 열면
봄도 여름도 지나고
가을도 겨울도 소리 없이 스쳐가고 만다.
사철채송화 곱게 핀 바닷가 언덕위에
한 생이 지고 나면 다시 한 생이 피어나
사철이 흘러가고 바다도 흘러간다.
바다도 바람도 사철채송화도
'영원히'라고 말하지 않는 죽변항에서
나는 계절을 흘려보내며
'영원'을 바다에 던져 놓고
그 바다를 떠나왔다.

Photo Poem
6

임
진
강

금단의 땅으로 **강** 거침없이 내리는
임 진 강 의 노 을 을 바 라 보 다
I M J I N G A N G

가파른 물길을 지나 하루가 저무는
강 하구로 강물이 흐르고 시간도 흐르는데
세상의 길들은 땅위에서 끝나고
저 너른 바다로 흘러간다.
강가를 나는 새들의 순결한 날갯짓이
바람을 가르며 어슷어슷 가로막은 산들을
지나 저 금단의 땅으로 거침없이 날아드는
임진강의 겨울 저녁 앞에 서서 노을을 바라보았다.
자유의 운명이 자유처럼 흘러가는 강물은
여전히 말이 없고 날아가는 새들도 말이 없다

붉은 노을은 내리고
겨울은 깊어 가는데
강은 여전히 세상의 향기를 뒤로 하고
유토피아를 향해 부지런히 달려가고 있었다.
그러나 아직도 귀순하지 않은 이념은
시공 속을 넘어 저 편으로 돌아앉아
낡은 세월을 묶어 놓고 있었다.
쓸데없이 강의 안부를 걱정하다가
나는 문득 저 산을 열고 싶었다.
저 순연한 강을 열고 싶었다.
나는 하찮은 아픔을 아파하며
오랫동안 강이 되고 싶었다.

겨울산의 까만 뒤통수를 밟고 올라온 달에선
아직도 이성적이고 서늘한 햇볕 냄새가 났다.
이성은 현현한 저녁달로 차갑게 빛나고
이성은 경건한 저녁달로 하늘을 받드는데
저 몽매한 풍경을 편애한 나의 이성이
흘러가 가 닿는 곳에 임진강이 흐르고 있었다.
사물은 사소하여 아무런 욕망이 없는 뿐인데
나는 혼자 마음속을 들락거리며
저 달을 묶어놓고 자연과 인간사이의
경계를 만들고 있었다.

시대의 변방이 이러했을까. 증오도 시대를 벗어나면 진정한 사랑이 된다는 믿음은 모순이다. 시대는 늘 현실이라는 기차를 타고 몇 십 년을 줄곧 달려와 이곳 비무장지대의 비실비실한 이념의 허무로 주저앉아 버렸다. 시대가 도달해야 할 목적지가 희망이라 해도 두려움과 상처로 묵은 고통은 어쩌면 '독'이라는 기다림일지 모른다. 진정 그럴지 모른다. 그렇더라도 우리는 여전히 기다릴 것이다.

단지,
세상의 바깥에 구원이 있다고 말하지 말자.
인간은 희망을 끌고 나가는 절망의 대리인일 뿐,
불우한 자들의 낙원은 '지뢰'라는 단 하나의 문장으로
여기 이렇게 처절하게 빛나고 있었다.
저 미세한 문체 속에서 인간은 농락당하고
현실은 화해를 거부하고 버림받고 있었다.
단호하게 '지뢰'라고 써 논 저 철조망 안에서
인간은 나약하고 허망한 존재로 타락한다.
지뢰는 사물과 인간의 경계를 넘나드는
착한 짐승들만이 주어로 빛나고 있었다.

옛 고랑포 나루터 뒤편
남방한계선 가까운 곳에
신라의 마지막 왕인 경순왕이
신라의 땅을 떠나 말없이 누워 있었다.
그도 현대사의 흔적을 온몸으로 받았는지
비석은 총탄에 맞아 여기 저기 패이고
쓸쓸한 망주석이 세월을 풍화시키고 있었다.
육이오라고 말하는 모든 이들의 상처가
천 년 전 죽은 경순왕도 비켜가지 못하고
비무장지대의 풍경이 되어 있었다.

　이 나라에 가장 참혹하고 가여운 우상을 만들어 낸 반공과 방
첩은 저처럼 처연한 형상으로 이 들판 한 가운데에 두 발이 묶여
서 있었다. 지금도 누군가의 '김신조'는 여전히 휴전선을 넘고 청와
대로 진격해 공산당의 우상이 되려는 꿈을 꾸고 있을지 모른다. 간첩 '
김신조'의 침투 경로에 떡하니 만들어 논 형상들은 따질 수 없는 시간의
굴레만 뒤집어쓰고 서서 민통선 새들과 다람쥐들의 벗이 되어 놀
고 있었는데 낮게 내려앉은 하늘가로 겨울바람이 휑하니 몰려왔
다 몰려갔다.

살아서 스스로 아름다운 운명이여
나무마다 한 생 벗어 놓은 껍질이 쌓이고
푸득 푸득 재두루미가 날아갈 때마다
바람의 음률이 빈 들판으로 퍼지면
마른 갈대가 서걱서걱 흔들린다.
'가오우, 가오우'
누군가를 불러대는 재두루미 소리는
들판을 지나고 비악산을 넘어 북녘으로 사라져갔다.
스스로 아름다운 운명의 새들이여
희디흰 겨울 하늘에 꾸불꾸불 몇 자 적어
네 등에 매달아 더 멀리 날아 보내고 싶다.
아름다운 네 운명처럼
내 희망에게도 이름을 붙일 수 있게…….

겨울 민통선에 가면
하늘의 길들은 저마다 북녘으로 뻗어 있다.
가까스로 몇 갈래의 하늘 길을 따라
기러기들이 날아가고 적막에 휩싸인 먼 산을
팔짱을 끼고 쳐다보니 삶을 껴안은 마을마다
겨울 안개가 내려 침묵으로 덮여가고 있다.
지난 것들을 다 덮어 버리는
겨울 안개는 온 세상을 떠돌다 돌아 온
기러기들의 고백을 맨몸으로 받아들이고 있었다.

저무는 강가에 서면
부끄럽지 않은 나이를 헤아려야 한다.
스스로 강물이 깊어진 깊이만큼
강의 소리가 강의 슬픔을 지우는 울음인 것을
불안하고 위태로운 상실의 시간을 보내고 나서야
웅웅웅 흐르는 강이 될 수 있을 것이다.
하늘과 강이 맞닿은 임진강 언저리에서
나는 나이를 헤아리지 않아도 되는
유순한 어린아이가 되었다.

너라는 추상과
나라는 관념이
아득한 그리움으로
종결짓는 강은
생명이며 사랑이다
그러하기에
모든 생명들이 몰려들고
모든 그리움들이 몰려든다.
저 평화의 생명을 낚고 있는
오리 떼들처럼
그대여 강으로 가자
그리움의 강으로 달려가자

끝도 버리고 시작도 버리고 나니
세상을 향해 묵념으로 여윈 저 강은
마침내 그리움이 따뜻한 물결로 피어난다.
연민도 버리고 침묵도 버리고 나면
삶은 강물같이 흐르고 흘러 바다에 닿는다.
막막한 세상 어디 한번이라도 맨발로
저 흐르는 강물을 건너 본 적 있는가.
신발창에 달라붙어 따라온 질펀한 삶을
강가에 부려 놓는다.

다
도
해

눈부신 햇살을 타고 오는 다도해의 봄

D A D O H A E

남쪽 바다 사랑도에는
푸른 갯내 묻은 바람이 따뜻하게 불어온다.
갓난아이 머리카락 같이 부드럽게 자라나는
새싹의 꿈이 봄 물결처럼 아득아득 흐르고
봄 바다는 청록 빛에 온 몸이 감전돼 어질하다.
오! 봄이여 어서 오라.
눈부신 바다를 밟고 걸어오라.
세상의 길 위로 사람들은 걸어가고
봄이여 그대는 바다를 넘어 찬연하게 오라

저렇게
푸른 제 몸뚱이를 풀고 있는 너는
겨우내 불러온 배를 이제 막 해산한
섬 마을 새댁의 맑은 미소를 닮았구나.
푸릇푸릇 잘도 웃는 너는
천생 봄의 화신인 게로구나
손등마다 굵은 주름을 달고 있는
할머니의 거친 손마디 안에서
너는 봄내음을 풍기며
누군가의 밥상위에 푸른 봄을 풀어놓겠지.

찬 우물물 한 바가지 길어
솔솔솔 봄채소 씻고
찬 우물물 한 바가지 또 길어
벌컥 벌컥 들이키면
겨우내 때 낀 마음 술술술 씻어 내려간다.
소박한 밥상 마주하고 앉으면 신선이 부럽지 않은데
그대 벗이여 봄 오는 섬에서 바람소리 들으며
껄껄한 세상 잊고 한바탕 봄에 취해 보자.

네 꿈의 마지막 한 겹 꽃잎은
섬 처녀의 붉은 월경처럼
처연한 아름다움으로 빛나고 있다.
봄 오는 길목에서 앓아누운 바닥으로
스러지는 봄바람을 껴안고 뒹굴다가
너는 섬의 고독에 빠지고 말았다.
너는 시간의 틈새에 빠지고 말았다.
네 열정의 이름 동백만을 남겨둔 채…….

도란도란 속살거리는 햇살 속에
아기 염소 두 마리 산다.
맑은 눈망울 착하게 반짝이는
아기 염소 두 마리 산다.
봄 마중 나온 아기 염소 두 마리
햇살과 온 종일 놀고 나면
아무도 찾지 않는 섬에 해가 진다.
아기 염소 두 마리 사는 섬에
바람이 봄의 기별을 전하고 간다.

가쁜 숨결을 내 뿜는
나뭇가지의 어린 생명은
혼자서 대견하게 하늘을 오르고 있다.
상처로 얼룩진 풍경이
오랫동안 허공에 매달려 삭아 갈 때
저 여린 생명의 아름다움은
홍역처럼 봄의 문을 열고 있다.
수백 개의 통증이 슬어 있는
몸 밖의 세상은 아직도 춥고 두렵지만
봄은 저 바다를 건너
여린 나뭇가지 끝에 매달린
생명에게로 천천히 오른다.
'오 눈부심이여 너는 봄의 화신이로구나'

쏟아져 내리는 햇살과
솜병아리의 부드러운 깃털 같은
바다와 사랑을 이루는
연인의 나란한 뒷모습이
다도해 풍경 속에서 살아 움직인다.
멀리 소지도가 아련한 햇살 속에 숨어
푸른 바다와 한 몸으로 뒹굴고
앞 섬 딱섬은 봄을 맞느라 분주한데
미륵도 연인들은 속수무책으로 아름다운
다도해의 풍경이 되어 점점이 멀어져 간다.

바다와 섬 사이 몽매한 그리움이
주술처럼 풀어지는 달아항엔
봄을 잡으러 떠난 배들의 안부가 궁금해진다.
바람에 취해 잠들은 미륵도 달아항은 무릉이다.
봄 햇살 쏟아져 내리는 항구에서
무릉은 엄숙하고 문명은 지루한 농담으로 전락한다.
혼재한 시간 속에 오늘은 봄이 오고
바다와 섬은 여전히 무릉으로 빛난다.

햇살이 바글거리는 갯가 빛 알갱이들을 캐는 아낙네 손길이 분
주하다. 갯내향은 몸 속 오지까지 스며들고 바다의 여인들이 저녁
찬거리를 캐며 늘어놓는 수다가 운명처럼 정겹다. 행복도 불행도
반짝이는 조약돌보다 더 반짝이지는 않았을 터인데 한 생 살다
보면 봄은 해마다 찾아오고 해마다 운명 같은 수다가 정겹게 흐
른다.

잔잔한 남서풍이 어부의 등을 밀면
부지런한 어부들은 뱃머리에 앉아 이야기를 나누며
깃발 드높이며 돌아오는 만선의 꿈에 젖는다.
시간을 기르는 바다의 밭에선 고기들이 소멸하고
다시 생성하며 저 어부들의 삶 안으로 들어오는데
착한 항구의 풍경은 멍에를 벗어 던지고
스스로 세상과 인간 사이의 경계를 지운다.

바다는 닥쳐 올 시간을 위해 존재한다.
매혹적인 미문과 허약한 언어 사이에서
바다는 관념으로 흐르다가 신념으로 빛나는데
나는 여전히 흥분으로 바다를 편애한다.
부질없이 낭비하는 감정 안으로
시간은 단독자처럼 당당하게 걸어온다.
그래서 나는 존재하고
그래서 봄은 존재한다.
저 아련한 섬 소지도처럼
저 찬연한 봄 바다처럼 말이다.

낙
산
사

N A K S A N S A

다시 새로워지는 낙산사의 봄

처음부터 낙산사는 풍경만으로도
하나의 거대한 경전이었다.
사소한 사물들은 아무런 애착도 없이
그저 천년을 견디며 살아왔는데
보이는 것의 풍경만을 편애한 나는
기억과 추억 사이의 고통을 묶어 놓고
몽매하게 홀로 풍경 속으로 걸어갔다

어느 해
불타버린 낙산사 언덕 위로
아지랑이 아른거려 봄은 왔건만
난데없는 화마에 생명을 저당 잡힌
나무들의 검은 밑동은 아직도 생명의 소리를
틔우지 못하고 있었다.
그러나 바다를 건너
바람이 불어오고 구름이 몰려와
한 짐 희망을 부려놓고 있었다.

저렇게 바다와 산은 의연하여
여전히 복사꽃 향기 흩날리고
아라한도 아수라도 풍경이 되어버린
의상대 햇살만이 눈부시고 눈부시다.
뼈만 남은 가지를 치켜들고
마침내 새로워질 삶을 기다리는
저 소나무의 자태는 차라리 경건하다.

봄날
나는 역사의 전리를 무장해제 시킨
순결한 평화의 오후를 보았다.
그네들의 기원이 가 닿을 곳의 피안이
천년의 시간을 이고 앉은 의상대 앞에서
소소한 이야기로 꽃을 피우는데
난해한 내 글의 펜 끝만 무뎌지고 있었다.
어찌 설명하랴 저 무애한 풍경과 사람을······.

폐허 위에 스스로 아름다운
운명이 피어난다.
낙산사를 휩쓸고 지나간
화마는 혼곤한 역사 위에
스스로 희망을 싹틔우고
사람들은 희망의 이름을 적어
폐허의 역사를 일으켜 세운다.

낙산사의 담은
저 고운 문양으로
얼마나 많은 사람들의 시선을
한 없이 붙잡아 두었을까
사람들은 자신들의 눈 속에
저 고운 문양을 새기기 위해
미학을 분간할 사유에 혼돈했을 터인데
봄바람만 저 홀로 담을
허허롭게 훑고 지나간다.

한 때
숲으로 찬란했던 낙산사 오솔길로
낡은 시간이 일 없이 흐르고 있다
그러나 시간은 이유 없는 사랑이다.
시간은 과거와 미래의 운명이며
소멸과 생성을 거듭하는 자연의 용서이다.

아득한 무심이여

절벽 끝에 걸려 있는 홍련암에서
바다는 말 없는 부처였지만
나는 바위에 부딪치는 파도였다
내 불안정한 이성은 진화를 멈추고
절대시간 앞에 고개를 숙이고 만다.

햇살 알갱이들 산산이 부서지는
바닷가의 봄은 찬연하고 천진한데
마침내 삶은 봄 안에서 새로워지고
봄은 삶 안에서 새롭게 창조된다.
나약한 인간의 마을에 생명을 안고
진격해 오는 봄이여

아이야
너는 생명이며 너는 희망이다
너는 세상이며 너는 낙원이다
저 푸른 사랑의 힘이여
거침없이 솟아나는 사랑의 힘이여
속수무책 아름다운 아이야

다시 양양에서
말없이 흐르는 시간 앞에
쓸모없는 시비를 접고 바다를 바라보았다.
바다는 여전히 대책 없이 푸르게 빛나고
낙산사를 넘어가는 해는 오늘도 찬란한데
이제는 희망을 이야기해도 좋으리라
희망은 바다처럼 늘 푸른 사랑이므로.

Photo Poem
9

남
강

아득한 남강의 속절없는 그리움
N A M G A N G

그렇지만
봄강은 아득하고 아득하다.
속절없이 흐르고 흘러 마침내 내게로 와
냉정하고 과묵하게 너에게로 흘러간다.
먼 시간의 뒤안길을 거침없이 휘돌아
낮아지고 맑아질 때까지 구비 구비를
남강은 오늘도 말없이 건너오고 있다.
봄이 오고 봄이 가듯
너는 오고 너는 간다.

생애 처음
결핍을 피워낸 꽃은
찌를 듯이 아름답다.
결핍은 생명이며 결핍은 희망이다.
진주성 봄꽃 위에서 빛나는 오후는
아련하고 그리워서 눈 둘 곳이 없다.
낮게 엎드려 흘러가는 남강 사이로
봄꽃과 나는 밀어를 즐기는데
말없는 풍경만 잔영으로 멀어져 간다.

남해를 떠돌다가 남강에 이르러서야
무심하게 잠든 역사를
들여다보는 일은 참담했지만
나는 그 잠을 깨울 수 없었다.
실버들은 푸르게
허공 속을 휘날리고 들리는 것은
맹렬한 적막뿐이었다.
잠시 허허한 적막과 한판 놀아나다가
다시 돌아와 보니 봄날이 가고 있었다.

이 세상
시인 아닌 자 누가 있을까
촉석루 마루에 서면 저마다 시인이 되어
자연과 인간 사이의 구획이 허물어지고 만다.
옛 선비의 옷깃이 스쳤던 기둥은
지금도 말없이 남강을 바라보고 있는데
풍경이 스치고 지나가는
하늘가로 바람은 속절없이
인간을 따돌려 놓고 저 홀로 흘러가다가
시공 속으로 사라져 버리고 만다.

사라져간 시간과
천천히 다가올 시간은
오래전 사라져 간
영혼들의 영토 안에서
떠다니는 바람이 되었거나
구름이 되었거나
봄이 되었는지 모른다.
그래서 시간은 위대하지만
그러나 시간은 나약하다.
저 대포 구멍 안으로
사라져간 시간의 역사는
전쟁보다 위대하고
평화보다 나약하다.

나는 모른다.
보편적 진실을 말하려는 허영심도 없고
내안에 설정된 사유의 역사는 없다.
저 쏟아지는 햇살 아래 비석으로 남아있는
진주의 이름 없는 백성도 모르고
임진년의 처절한 왜란도 모른다.
나는 세상을 애써 읽지 않아도
이미 내 안에 흐르는 그들의
시대의 운명을 사랑하지 않을 수 없다.
그럴 뿐이다

그녀

사갑술四甲戌의 사주로 태어나
하필 논개가 되었지만
그녀가 뛰어내린 바위는
여전히 물결 위에서 가지런한 의암이다.
남강은 진주를 향해 아름답게 뻗어 있고
사람들은 그녀를 각별히 사랑하는데
그녀의 비극과 그녀의 절대고독 앞에
속절없이 강물만 흐르고 있다.

의로운 사랑은
운명에 함몰되지 않는 힘을 지니고 있다.
살아있는 모든 순간마다
한결같은 그리움으로 발현되어
생명 속에 가득 찬 삶이 된다.
저 수줍은 영정 속의 그녀는
경건한 불멸의 추억이다.
시인 변영로의 노래가 들려온다.
'양귀비꽃보다 더 붉은 그 마음 흘러라'

인본주의에 굶주린 것도 아닌데
내 젊은 날은 마음이 가난하고
사랑도 가난하여 인본주의에 열망했다.
저 옛 성문을 넘는 햇살은
예나 지금이나 여전히 풍요한데
나는 문학과 문장의 틈새에서 방황하며
오늘도 잔인하게 시달렸다.

따뜻한 가슴을 가진 남강의 벗들이여
강줄기 자락마다 마을을 하나씩 키워내고
바람 흩날리는 나무 밑에서 나는
저 강물 속을 흐르는 진주 사람들의
부지런한 노동의 소리를 듣는다.
무던하고 착한 예술의 향기를 맡으며
남강을 한 없이 바라본다.

다시 부유하는 시간의 기억들을 지우고 환연한 진
주성 풍경 한 귀퉁이를 잡아 도화지처럼 둘둘 말아 배낭
에 찔러 넣었다. 아름답고 슬프고 정겨운 진주성을 걸어 나와 세
상의 길로 걸어가면서 가만히 뒤돌아보니 내가 진주
를 찾은 것이 아니라 진주가 내게로 찾아 온 것이다. 안개 틈 사
이로 햇살 알갱이들이 막 부서지는 이 봄에 말이다.

풍경 속으로 걸어갔다.
나는 내 그리움과
너의 그리움이 맞닿은
역사의 언저리로 걸어가며
안달하고 복달할 세상사를 내려놓고
뻔하고 허무한 인생을 찬양했다.
그랬다. 아무렇지도 않은 인생은
상투성으로 빛나는 찬란함이다.
나는 그 찬란함을 사랑하기로 했다.

경주남산

GYEONGJ 산 UNAMSAN

천년의 향기로 깊어가는 경주남산

설령,
오월의 햇살이
눈부시게 찬란하다 해도
경주 남산의 천년 소나무만큼이야 하겠는가.
언젠가 한번은 걸어본 적이 있었는지
걸음마다 밟히는 그리움이 길을 만드는데
나를 휘감고 돌아가는 바람소리만 애잔하다.

그러나
사랑하는 이여,
천년의 경주에서
까닭 모를 그리움에
울컥 목이 메어 온다 해도
어느 시절 사라져간 사랑이라 여겨 주오,
경주남산의 호젓한 산길을 오르다가
나는 이름도 모를 그대를 생각하며
즐거이 산길을 따라 걸어가려오.

너는 높거나 낮지도 않아서
세상을 깔보거나 세상에 매몰되지 않는
천년의 평정심을 잃지 않는구나.
남산 산자락이 출렁거리는 어깨 끝으로
서라벌의 기개가 살아서 움틀 거리는데
깊고 그윽한 향기를 품은 그 산에
오월의 찬연한 햇살이 부서지고 있었다.

존재와 부재의 불확실성 너머 아직도 그대들의 더운피는 그 가슴에 살아 구석구석 혈관 속을 돌고 있을 것이다. 침식과 퇴적의 순환만이 지층을 만들어내며 소멸은 또 다른 생성을 거듭하는 지금 살아있거나 죽어있거나 삶과 죽음의 경계는 언제나 마음 안에 있을 뿐이다. 이 허허로운 세상에서,

오오!
경주 남산 바위에
나직이 서 있는 부처는
천개의 눈이 달린
그리움을 먹고 살아
천개의 햇살이 되고
천개의 그리움이 된다.
천개의 마음이 되고
천개의 사랑이 된다.

그녀에게선
노오란 천국이 피어나고
그녀에게선
노오란 지옥이 피어난다.
그녀는 세상을 향해 아름답게 뻗어 있지만
아미타불은 저편으로 돌아서 있었다.
아직도 타고 있는 저 역사의 시간은
천년의 약속을 간직한 채
말없이 멀어져 가는데
그녀에게선
노오란 봄만 주렁주렁 열리고 있었다.

나는
그리움이 가 닿은
언저리로 걸어갔다.
바람과 나무와 그대가 있는
경주남산을 걸으며
나의 그리움과
그대의 그리움이 맞닿을
피안의 언덕을 넘어가고 있었다.
차마 아무것도 가지지 않은 채
나는 기어이 그리움에게 걸어가야겠다.

아름다운 약속이다
머리를 잃은 채 사랑을 전하는
아름다운 부처의 약속은 그래서 사랑이다
화엄이어도 좋고 화엄이 아니어도 좋을
우리들의 마음의 약속이다.
세상을 향해 앉아 있는 돌부처의
아름다운 사랑의 약속은 경주 남산에서 빛난다.

마음이 길을 낸다.
아니 길이 마음을 내는지 모른다.
낮게 흐르는 바람의 등을 밀며
숲속으로 난 길을 걸어간다.
방금 부처가 다녀갔는지
숲속의 나무들이 수런거린다.
저 길 끝에 서 있는 그대는
숲인가 나무인가…….

행여,
저 돌부처에게
마음을 들키지 마라
경주남산 곳곳마다
지키고 서 있는
돌부처에게
쓸쓸함이나
그리움을 들켜 버리면
경주에 다시 또
오고 말 것이다.
천 년간 잠든
돌들이 잠에서 깨어나
사랑의 포로로
만들어 버릴지 모른다.

하늘은 경주남산으로 내려와 앉고
화엄을 꿈꾸었던 신라인들의 세상에
나는 이미 당도해 있었다.
꿈속의 길을 열고 나와
한바탕 싸돌아다닌 경주남산에서
나는 마음의 눈이 트이고 있었다.

사랑이여
모든 불가능에 대한 사랑이여
오월의 경주남산을 바라보며
천 년간 쓸쓸함에 젖어 버린
그대를 내려놓고
이제 나는 다시 살아갈 것이다.
처음처럼 그렇게 살아갈 것이다.

시를
걷다

초판 1쇄   2016년 4월 15일
지은이   전승선
펴낸이   전승선
펴낸곳   자연과인문
북디자인   신은경
인쇄   대산문화인쇄
출판등록   제300-2007-172호
주소   서울시 종로구 삼일대로
전화   02)735-0407
팩스   02)744-0407
홈페이지   http://www.jibook.net
이메일   jibooks@naver.com

ⓒ2016 전승선

ISBN 9791186162156 03810
값 13,000